優羽輝

オセロ

文芸社

その手の中に 愛 はありますか

あなたのその手にある
色とりどりの輝きを
逃がさないで

あなたのその手にある
いっぱいの愛を
つかまえていて

あなたはその輝きに包まれて
時を生きてる

あなたはその愛に包まれて
今を生きてる

しっかりとつかまえていて……
逃がさないで……

今、を生きているから……

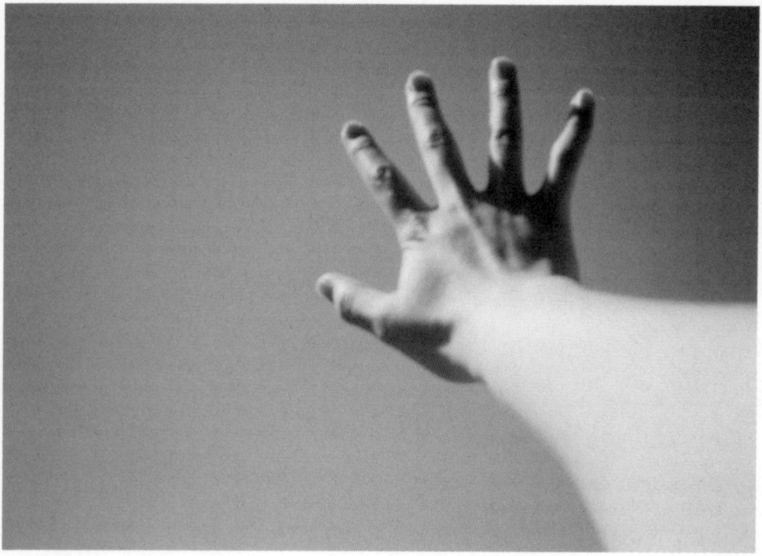

新しい一日を
あなたと一緒に

新しい太陽の輝きを
あなたと共に

新しい出発を
あなたと一歩進めたことを

大切に
心に、温めておきたい

大切に
心に、とどめておきたい

私なんてって思わないでね。
世界中で、あなたはあなたでしかないから。

あなた、という人
あなた、という性格

全部そろって、あなただから。

私なんてって思わないでね。
世界中で、あなたはあなたでしかないから。

きっと、探せば
いっぱいいっぱいひとよりすごいものが
あらわれるから。

それも、全部あなただから。

私なんてって思わないでね。

前を向いて進んでほしいから。

目の前が　霧で見えなくても
目の前が　暗闇で見えなくても

不安で　きっと泣きそうでも

進んでいってほしいんだ

郵便はがき

恐縮ですが
切手を貼っ
てお出しく
ださい

160-0022

東京都新宿区
新宿1−10−1
(株) 文芸社
ご愛読者カード係行

書　名				
お買上 書店名	都道 府県　　市区 郡　　書店			
ふりがな お名前			明治 大正 昭和　年生　歳	
ふりがな ご住所	□□□-□□□□		性別 男・女	
お電話 番　号	(書籍ご注文の際に必要です)	ご職業		

お買い求めの動機
1. 書店店頭で見て　2. 小社の目録を見て　3. 人にすすめられて
4. 新聞広告、雑誌記事、書評を見て(新聞、雑誌名　　)

上の質問に1.と答えられた方の直接的な動機
1. タイトル　2. 著者　3. 目次　4. カバーデザイン　5. 帯　6. その他(　　)

ご購読新聞　　新聞　　ご購読雑誌

文芸社の本をお買い求めいただき誠にありがとうございます。
この愛読者カードは今後の小社出版の企画およびイベント等の資料として役立たせていただきます。

本書についてのご意見、ご感想をお聞かせください。 ① 内容について
② カバー、タイトルについて
今後、とりあげてほしいテーマを掲げてください。
最近読んでおもしろかった本と、その理由をお聞かせください。
ご自分の研究成果やお考えを出版してみたいというお気持ちはありますか。 ある　ない　内容・テーマ（　　　）
「ある」場合、小社から出版のご案内を希望されますか。 する　しない

ご協力ありがとうございました。

〈ブックサービスのご案内〉

小社では、書籍の直接販売を料金着払いの宅急便サービスにて承っております。ご購入希望がございましたら下の欄に書名と冊数をお書きの上ご返送ください。（送料１回380円）

ご注文書名	冊数	ご注文書名	冊数
	冊		冊
	冊		冊

泣きたいときは、泣いたらいいよ。

その理由なんて
その意味なんて
なくていいよ

泣きたいときは、泣いたらいいよ。

いっぱい泣いて
涙が枯れるまで、泣いてごらん。

泣いたぶんだけ
きっと前へ進めるから。

我慢なんてしないでいいよ。

泣きたいときは、泣いたらいいよ。

私があなたの涙を受け止めてあげるから。

一人じゃないから

何があっても
私は、あなたの味方でありたい

何があっても
私はあなたを信じてる

会えなくても
声が聞けなくても

きっと
心でつながってる

あなたの温かさを
感じることができるから

あなたの鼓動を
確かめることができるから

人はなぜ
そんなに夜を照らすのだろう

夜は、静かに
星を眺めていたいのに

きっと
その星の輝きが
まぶしすぎるから

きっと
その星の輝きが
うらやましいから

空を見た
涙が出た

海へ行った
笑顔があふれた

山へ登った
また、涙が出た

……こんなこと
だけど、
こんなこと

心が空っぽのとき
体に、雨漏りがおこったとき

きれいな青い空の下
両手を広げて
大地の上で
寝てごらん。

大きく息をすって
ゆっくり目を閉じて

きっと、
空がつつんでくれる。
きっと、
少しずつ空に近づき
私たちを

ゆっくりとした瞬間へ
連れて行ってくれる。

私は空になりたいかもしれない
まっさおで　すきとおった　きれいな空
暗く　重い　雨雲

周りを気にせず　泣けるから
思いっきり　笑顔で　笑えるから

風にながされて　どこまでも
遠い所で　ゆっくりと
大きく　息をすって

私は　空になりたい

冬のつめたい風は
わたしの心の痛みを
さらっていってくれる

そのつめたさが
わたしには心地いい

冬のつめたい風は
わたしの心の空虚なところを
うめてくれる

その流れが
わたしにはあたたかい

わたしの中の悲しみや痛みを
風は優しく包んでくれる
風は、全部包んでくれる

冬のつめたい風
それは
そのつめたさは、わたしたちの心の痛み

まぶしく輝く明日

それはきっと、心の中へとすい込まれていくだろう。
そして
それはきっと、一生心の中にとどまるだろう。

だって、一生に一度
たった、一度っきりの朝日だから。

その時の自分と一緒に
永遠に、まぶしく
輝くだろう。

太陽が昇って
私の影が長くなっても
私は太陽に向かって歩きたい

まだ見えない自分を見たいから

私は太陽に向かって歩きたい

夕焼けは
今日の終わりを告げる
だけど
夕焼けは
明日の香りを運んでくれる

今日の自分をあたたかく見送って
明日の自分を強くおしてくれる

夕焼けは
今日と明日の　自分の色かもしれないね

あなたを想う
私がいる。
私じゃない彼女を想う
あなたがいる。

あなたが私の中の
中心なのに
あなたの中心に
私はいない。

分かっているのに
私は動けずにいた。
私は今も、さまよっている。

深い海の底のような
暗いところ。
そこは誰にも
分からないところ

同じまち
同じ空気　同じ空の下

私には、それだけで十分だった。

同じまち
同じ空気　同じ太陽の下

私には、それだけで十分だった。

私には、それだけで、心が満たされ
それだけで、涙が出た。

それ以上、何も望んでいないと思っていた。
それ以上、何もほしくはなかった。

でも、違っていた。

私はいつのまにか、

見つめていた。

ひとはどんどん欲張りになっていくね。

本当は、話をするだけで
本当は、見ているだけで
心の中は満たされていたのに

ひとはどんどん欲張りになっていくね。

今度は、その人の全てを知りたくなる
今度は、その人の瞳に、自分だけを映したくなる

そして、恋が始まるんだね。

きれいじゃなくてもいい。

欲張りになるのは、普通なんだよ。

幸せになるために……

私の明日
あなたの明日
同じ空の上にあるといい。

振り向いて
私の昨日
あなたの昨日
同じ大地の上に居ればいい。

同じ空は、とても広く
同じ大地は、とても広く

その同じ空、広い空に
私の明日、あなたの明日、あるだけでいい。

その同じ大地、広い大地に
私の昨日、あなたの昨日が
居るだけでいい。

広い中に、ポツン　ポツンと……。

ふぅって　触れるたび
あなたのなにげない笑顔を見るたび
私の心は満たされていた

思い出すだけで
考えるだけで
私は　いつも泣いていた

泣いていても、なぜだろう
私はいつも「幸せ」という
シャボン玉の中にいたような気がする

いつでもすぐに壊れてしまうシャボン玉

だけど、あの頃の私は
そのシャボン玉に、永遠に包まれて
生きていくのだろう、と思っていた

壊さないで……
風に吹かれても……
壊さないで。

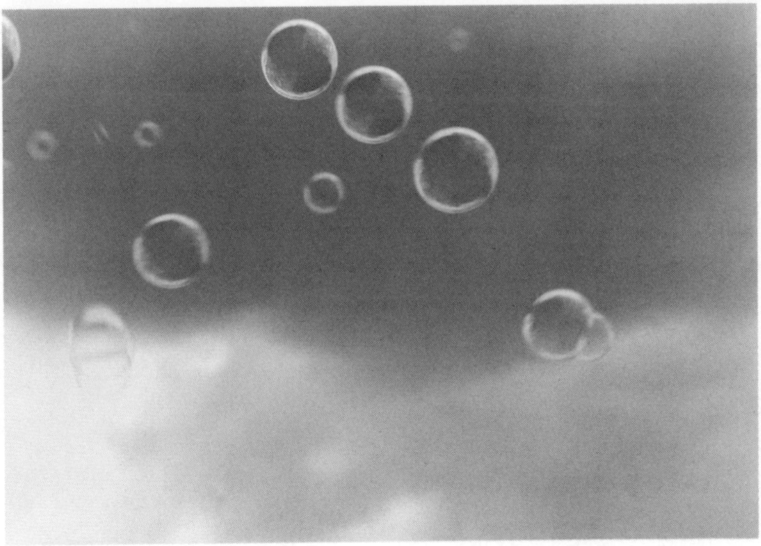

失ってしまうのがこわくて
壊れてしまうのがこわくて
でも
私は
あなたに恋をした

すぐ傍にいて
のばしてくれた
あなたの手を

もう少しのところで
つなげなかった弱さを

私は　今でも
振り返ってしまう

こんな一瞬は、もう二度とないだろう。

あなたに出会ったときに、思った。

あなたとの瞬間《とき》を、すべて

こころに、織り込んでいった。

こんな一瞬は、もう二度とないだろう。

あなたと別々の道を歩んだ瞬間《とき》に、思った。

こころに織り込んだあなたとの瞬間《とき》を、すべて

大切に大切に、しまい込んだ。

一瞬一瞬を、あなたと過ごせたこと

あんな一瞬は、もう二度とないだろう。

恋の詩を聞いて
泣いているあなたが
とても好きです。

恋の詩を聞いて
心で感じとれるあなたを
好きでいられてうれしいです。

そんなあなたが
私を好きでいてくれて
とても幸せです。

あなたには自分を好きでいてほしい。

恋の詩を聞いて
泣いている自分を
好きでいてほしい。

私は

深い海のそこに住んでいる

ある日

私は

海の上へ行ってみた

勇気をだして行ってみた

そこは

灰色のベールに覆われていて

全てが歪んでいた

全ての色が失われていた

こわかった

だから

私は

二度と行かない

二度と上には行かない

生き続ける事で

きっと　何かが見えてくるだろう

生き続ける事で

きっと　何かが一つになるだろう

ならば　私は

生き続けよう

「形《もの》」ではない

何かを

見つけるために

私は

生き続けよう

過去は
もう　私の心の中の一ページへ

その一ページを何度も読み返すことは
もう　終わりにしよう

振り返っても、後悔しても、もう帰ってこない
いくら読んでも、もう帰ってこない

過去は
もう　私の心の中の一ページへ

その一ページを読み返している時間を
前へ進む一ページに変えていこう

私たちは、毎日、前へ進んで生きている

だから　前へ進んでいこう

毎日、生きていたら
心に傷がつくようなこと
泣いてしまいそうなこと

きっと、一日って
そんなことがいっぱい詰まってるよね。

だけど、今日一日を振り返ってみて

ぽっと心があったかくなるようなこと

たった一つでいいからあったらいいね

きっと、みんな
それを探して生きているんだね。

たった一つの幸せを……

私が死んだら
どうか、泣かないで

私が死んだら
どうか、笑って見送って

そうじゃないと
私は上《てん》へ行けないから

私が死んだら
どうか、一番好きな私の笑顔を思い出して

私が死んだら
どうか、私のこと　忘れないで

時々でいい

上《てん》を見上げて

私の笑顔を思い出して

私は生きていますか。
息をしている、ということではありません。
心が生きているのか、ということです。

私は生きていますか。
道を歩いている、ということではありません。
自分を、自分自身の目標を持って
日々を歩いているか、ということです。

私は今、死んでいます。
息はしています。
道も、毎日歩いています。
けれど、
私は、死んでいます。

心が死んでいるのです。
目標もなく、歩いているのです。

生きている、と言える日は
大きな声で言える日は
いつ、来るのでしょうか。

何を求めているのか
何に求めているのか
さまよっている私に
今、先は見えない

人に助けを求めては
振り返り
また
さまようのだ

私に、朝は
晴れ渡った朝は
いつ来るのだろうか

何かを探し続けて
人は生きているのかもしれない

新しいものを手に入れるため
新しいものを発見するため

でも、その旅に
時には疲れて
立ち止まる

その旅に
時には嫌気がさして
逃げ出してしまう

でもきっと
いつかは、進まなければならないんだね

進まなければ
探しつづけている何かを
見つけられないから……

弱くはかない
心の中の場所に
気づきたくない。

自分はもっと、強いのだと
信じてやってきたから

でも
それに気づいたことを
気づいてしまったことを

良かったのだと
思える日がくるだろう。

強くなったのだと
思える日がくるだろう。

人に包まれて
人は、優しくなれるんだ。

人に包まれて
人は、残酷になれるんだ。

でも　人は
人に包まれて
もっと　素直になれるのに……

歩いていこう
まっすぐに
歩いていこう
後ろなんか振り向かないで

自由に

歩いていこう
まっすぐに

行き先の分からない
この道を

迷いのない　すんだ瞳で
まっすぐに
歩いていこう

人間ってもろいものだね
ちょっとたたけば
こなごなになってしまうときもあるんだね

強くあろうと思えば思うほど
空回り
糸が絡まるみたいに
暗い森へ入って行っちゃう

そういうときには
素直になれる勇気がほしいよね

何も恥ずかしがることはないんだ
人に頼ること
それも強さだから

あなたの寂しさや　涙の理由
あなたの心の中の灰色の部分

きっと、抜け出せるトンネルがあるはずだから

きっと、どこかに光は射しているから

急におそってくる　さみしさ
きっと、誰もが持っているもの

抜け出せる強さがほしい
一人で立ち向かう強さがほしい

人の力を借りることなく

自分の足で、立ち上がれる
強さがほしい

人には言えない
自分だけの心
誰にだってあるんだ。
そこは、本当は、自分にさえも
分からない心なのかもしれない。

そこは、空虚なのかもしれない。
そこは、悲しみなのかもしれない。
そこは、憎しみなのかもしれない。

でも

きっと、いつか
その心を埋めてくれる
すばらしい出会いが
すばらしい運命が
待っていてくれるだろう。

闇の中に

いつかは光が射すだろう。

その光は

まぶしすぎて

美しすぎて

目をあけることができない。

でも　いつかは

光の中へ　とけていける。

とても愛しく空に浮かんでいる
星のように

あなたに私は見えますか

切なく
時にはうらやましくもある
星のように

あなたに私は見えますか

悲しみの傷は
いつまでも　きっと残ってしまう
次に、何か、幸せがきたとしても

悲しみの傷は
いつまでも　きっと残ってしまう

でも　きっと、幸せはくるから……

人との出会いは、運命なんだね。
きっと、運命なんだ。

何かに引きつけられて
僕たちは出会ったんだ。

だから、僕たちは
きっと、これからもずっと、一緒にいよう。

その運命を信じて、歩いてゆこう。

この運命は、僕たちを大きくしてくれる。
この運命は、僕たちを見守っていてくれる。

きっと、運命なんだ。

Profile ＊プロフィール

詩・写真　**優羽輝**（ゆうき）

誕生日：　1979年6月22日
星　座：　かに座
血液型：　A型

オセロ

2002年5月15日　初版第1刷発行

著者／優羽輝
発行者／瓜谷 綱延
発行所／株式会社　文芸社
〒160-0022　東京都新宿区新宿1-10-1
電話　03-5369-3060（編集）
03-5369-2299（販売）
振替 00190-8-728265

印刷所／株式会社　フクイン

ISBN4-8355-3829-3 C0092